La force des forts

Jack London

1911

Copyright © Jack London (domaine public) 2022

Édition : BoD – Books on Demand, info@bod.fr

Impression : BoD – Books on Demand, In de Tarpen 42, Norderstedt (Allemagne)

Impression à la demande

ISBN : 978-2-3224-2304-0

Dépôt légal : mai 2022

Tous droits réservés

Ce livre a été produit et maquetté par Reedsy.com

Les paraboles ne mentent pas mais les menteurs s'en servent.

Lip-King.

Le vieux Barbe-en-Long fit une pause dans son récit, lécha ses doigts pleins de graisse et les essuya sur ses flancs laissés à découvert par le fragment usé de peau d'ours qui constituait son unique vêtement. Accroupis sur leurs jarrets l'entouraient trois jeunes gens, ses petits-fils, Courre-Daim, Poil-de-carotte et Froussard-de-Nuit. Ils se ressemblaient beaucoup, chichement vêtus de peaux de bêtes, maigres et mal bâtis, hanches étroites jambes torses, mais avec de vastes poitrines, des bras musclés et des mains énormes. Le poil leur foisonnait sur le thorax et les épaules, ainsi que sur la partie extérieure des bras et des jambes ; de leurs longues chevelures en broussaille s'échappaient à chaque instant des mèches qui retombaient devant leurs yeux, petits, noirs et étincelants comme ceux d'oiseaux de proie ; leurs orbites étaient rapprochées, leurs pommettes écartées, leurs mâchoires inférieures proéminentes et massives.

Sous la voûte étoilée s'étageaient des chaînes de montagnes couvertes de forêts, Très loin, le reflet d'un volcan rougissait le ciel. Derrière eux s'entrouvrait une sombre caverne, d'où soufflait un courant d'air intermittent. Devant eux, tout près, flambait un feu ; à côté gisait la carcasse à demi dévorée d'un ours, que surveillaient à distance plusieurs gros chiens hirsutes et pareils à des loups.

Chaque homme avait posé près de lui son arc, ses flèches et sa massue, et à l'orifice de la caverne étaient appuyés plusieurs javelots rudimentaires.

— Voilà comment nous quittâmes la caverne pour l'arbre, résuma le vieux Barbe-en-Long.

Ils éclatèrent de rire, comme de grands enfants, à cette évocation d'une histoire mille fois racontée. Barbe-en-Long en fit autant, et la cheville d'os de dix centimètres qui lui traversait le cartilage du nez se mit en branle, ajoutant à la férocité de sa physionomie.

Naturellement la phrase ci-dessus ne ressemble guère à la série de sons animaux qui sortirent de sa bouche et qui signifiaient la même chose.

— Et tel est mon premier souvenir de la Vallée de la Mer reprit Barbe-en-Long. Nous étions une bande de sots qui ignorions le secret de la force car chaque famille vivait seule et se débrouillait par elle-même. On en comptait trente, mais elles ne s'entraidaient pas, ne se faisaient pas de visites, et se craignaient mutuellement. Au sommet de notre arbre nous construisîmes une hutte de roseaux sur une plate-forme où nous empilâmes de grosses pierres destinées aux crânes de visiteurs éventuels. En outre, nous avions nos javelots et nos arcs, et ne passions jamais sous les arbres d'autres familles. Mon frère s'aventura une fois sous l'arbre du vieux Bou-ouf : il eut la tête cassée, tout simplement.

— Ce vieux Bou-ouf était très fort, capable, paraît-il, d'arracher la tête d'un homme, Je n'ai jamais entendu dire qu'il l'ait fait, parce que personne ne lui en fournit l'occasion, mon père moins que tout autre. Un jour que celui-ci se trouvait sur la grève, Bou-ouf se mit à la poursuite de ma mère. Elle ne pouvait courir vite, ayant reçu la veille un coup de griffe d'ours dans la montagne où elle ramassait des baies. Bou-ouf l'attrapa et l'emporta dans son arbre. Mon père n'osa jamais la reprendre. Il avait peur, et le vieux Bou-ouf lui faisait des grimaces. Mais mon père ne s'en souciait guère. Bras-de-Fer, un des meilleurs pêcheurs, était également un homme fort. Un jour qu'il grimpait sur les rochers pour dénicher des œufs de mouettes, il tomba de la falaise. A la suite de cet accident, il perdit toutes ses forces, toussa continuellement, et ses épaules se rapprochèrent. Alors mon père prit la femme de Bras-de-Fer, et quand le mari vint tousser sous notre arbre, mon père éclata de rire et lui jeta des pierres. Telles étaient nos façons d'alors, Nous ne savions pas devenir forts en unissant nos forces.

— Un frère aurait-il pu enlever la femme de son frère ? demanda Courre-Daim. — Oui, à la condition d'aller lui-même habiter un autre arbre. — Nous ne faisons plus de choses pareilles, observa Froussard-de- Nuit. — Parce que j'ai enseigné de meilleures façons à vos pères.

Barbe-en-Long allongea sa patte velue vers le rôti d'ours et saisit une poignée de graisse, qu'il suça d'un air absorbé. Puis, s'essuyant de nouveau les mains sur ses flancs nus il continua :

— Ce que je vous raconte se passait voilà longtemps, alors que nous n'avions pas encore amélioré notre façon de vivre.

— Vous deviez être rudement sots pour en être encore là, remarqua Courre-Daim, et Poil-de-carotte l'approuva d'un grognement.

— Nous l'étions, mais nous le devînmes plus encore, comme vous allez le voir. Néanmoins nous fîmes des progrès, et voici comment :

Nous autres Mangeurs-de-Poisson n'avions pas encore appris à mettre nos forces en commun pour que chacun devienne plus fort. Mais les Mangeurs-de-Viande, qui habitaient la Grande Vallée de l'autre côté de la montagne, se tenaient coude à coude, chassaient ensemble, pêchaient de conserve et s'unissaient pour combattre. Un jour ils envahirent notre vallée. Chacune de nos familles se retira dans sa caverne ou sur son arbre. Les Mangeurs-de-Viande n'étaient que dix, mais ils attaquaient de concert, tandis que nous luttions chacun pour notre propre famille.

Barbe-en-Long compta longtemps et laborieusement sur ses doigts.

— Nous étions soixante hommes, conclut-il. Nous étions très forts mais nous n'en savions rien. Nous regardâmes donc les dix Mangeurs-de-Viande attaquer l'arbre de Bou-ouf. Il se défendit vaillamment, mais n'avait aucune chance. Nous regardions. Quand plusieurs des Mangeurs-de-Viande grimpèrent à l'assaut, Bou-ouf dut se montrer pour leur jeter des pierres sur la tête. Les autres n'attendaient que cela pour l'accabler d'une volée de flèches. Telle fut la fin de Bou-ouf.

— Ensuite les Mangeurs-de-Viande assiégèrent dans sa caverne le Borgne et sa famille. Ils firent un feu à l'entrée et l'enfumèrent, comme nous l'avons fait aujourd'hui pour tuer cet ours. Après quoi ils s'en prirent à Six-Doigts, dans son arbre, et pendant qu'ils le massacraient avec son fils adulte, le reste de notre bande s'enfuit. Ils capturèrent quelques-unes de nos femmes, tuèrent deux vieux qui ne pouvaient courir vite et plusieurs enfants, puis entraînèrent les prisonnières dans la Grande Vallée.

— À la suite de ce désastre, ceux qui restaient d'entre nous se réunirent piteusement et, sans doute à cause de notre frayeur et du besoin que nous éprouvions de nous solidariser, nous discutâmes l'affaire. Ce fut notre premier conseil sérieux, et il aboutit à la formation de notre première tribu. Nous venions de recevoir une leçon. Chaque individu de cette dizaine de Mangeurs-de-Viande possédait la force de dix car les dix avaient combattu comme un seul homme et additionné leurs forces, tandis que nos trente familles, dont soixante hommes, ne possédaient que la force d'un individu, chacun se battant pour son propre compte.

— Ce fut une grande discussion, mais elle était difficile car nous ne disposions pas alors comme aujourd'hui des mots adéquats pour discuter. Quelques-uns d'entre nous, dont le Scarabée, devions inventer ces mots longtemps après. Malgré tout, nous tombâmes d'accord pour réunir toutes nos forces et lutter comme un seul homme la prochaine fois que les Mangeurs-de-Viande franchiraient la crête pour venir voler nos femmes. Et telle fut l'origine de la tribu.

— Nous postâmes deux hommes sur la crête, l'un de jour, l'autre de nuit, pour surveiller les mouvements des Mangeurs-de-Viande. Ces deux-là représentaient les yeux de la tribu. En outre, dix hommes armés de leurs arcs, flèches et javelots devaient se relayer, toujours prêts au combat. Auparavant, quand un homme allait quérir du poisson, des coquillages ou des œufs de mouettes, il emportait des armes et passait la moitié de son temps sur le qui-vive. Désormais les pourvoyeurs sortirent sans armes et employèrent tout leur temps en quête de victuailles. De même, quand les femmes allaient dans la montagne chercher des racines ou des baies, cinq hommes armés les accompagnaient. Et sans relâche, jour et nuit, les yeux de la tribu veillaient sur la crête.

— Cependant des difficultés surgirent, au sujet des femmes, comme toujours. Les hommes sans femme désiraient celle d'autrui, et de temps à autre l'un d'eux avait la tête fracassée ou le corps traversé par un javelot. Tandis qu'une des sentinelles se trouvait de garde sur la crête, un autre homme lui enlevait sa femme et le veilleur descendait se battre ; puis l'autre veilleur, redoutant un sort pareil, descendait également. Des querelles du même genre éclataient entre les dix hommes toujours en armes, si bien qu'ils se battaient cinq contre cinq et que certains d'entre eux s'enfuyaient vers la côte, poursuivis par les autres.

— En fin de compte, la tribu demeurait sans protection et aveugle. Loin de posséder la force de soixante, nous n'avions plus de force du tout. Réunis en grand conseil, nous établîmes nos premières lois. Je n'étais guère qu'un bambin à l'époque, mais je m'en souviens comme si cela datait d'hier. Pour être forts, disait-on, nous ne devions pas nous battre entre nous. Dorénavant tout homme qui en tuerait un autre serait tué par la tribu. D'après une autre loi, quiconque volerait la femme du voisin serait également mis à mort. Car si le possesseur d'un excédent de force l'employait contre ses frères, ceux-ci vivraient dans la crainte, la tribu se désagrégerait et nous redeviendrions aussi faibles que quand les Mangeurs-de-Viande étaient venus nous envahir et tuer Bou-ouf.

— Phalange-Dure était un homme fort, très fort, n'obéissant à aucune loi. Il ne connaissait que sa propre force et s'en prévalut pour ravir la femme de Trois-Coquilles. Celui-ci essaya de se battre, mais l'autre lui écrabouilla la cervelle d'un coup de massue. Phalange-Dure avait oublié notre résolution d'unir toute notre énergie pour maintenir la loi. Nous le tuâmes au pied de son arbre et pendîmes son cadavre à une branche pour démontrer que la loi était plus forte que n'importe quel homme. Car tous ensemble nous étions la loi, et aucun homme ne pouvait être au-dessus d'elle.

— Survinrent d'autres ennuis. Car sachez, Courre-Daim, Poil-de-carotte et Froussard-de-Nuit, qu'il n'est pas simple de faire fonctionner une tribu. Cela causait beaucoup de problèmes de rassembler les hommes en conseil à tout propos, même pour régler des questions de détail. Nous tenions conseil le matin, à midi, le soir ; voire en pleine nuit, et nous ne trouvions plus le temps de chercher la pitance, car il restait toujours quelque point à régler, quand il s'agissait par exemple de nommer de nouveaux veilleurs au poste de la montagne ou de fixer la ration des hommes armés qui ne pouvaient se nourrir eux-mêmes.

— Le besoin se faisait sentir d'un homme choisi pour toutes ces besognes, d'un chef qui représenterait la voix du conseil et lui rendrait compte de ses propres actes. Nous élûmes à cet emploi un homme fort et très habile nommé Fith-Fith, parce que dans ses colères il émettait un bruit analogue à la menace d'un chat sauvage.

— Les dix gardes de la tribu reçurent l'ordre de construire un mur de pierres pour barrer le défilé menant à la Vallée. Femmes et adolescents aidèrent à le consolider, ainsi que d'autres hommes. Après quoi toutes les familles sortirent des cavernes ou descendirent des arbres, et bâtirent des huttes de roseaux à l'abri du mur. Ces huttes étaient plus grandes et plus confortables que les habitations souterraines ou aériennes, et tout le monde vécut plus à l'aise parce que les hommes avaient réuni leurs forces et formé une tribu. Grâce au mur, aux gardes et aux sentinelles, il restait plus de temps aux autres pour chasser, pêcher et ramasser des racines ou des fruits sauvages : la nourriture devint plus abondante et meilleure, et personne ne souffrait plus de la faim.

— Alors Trois-Pattes, ainsi nommé de ce qu'il s'était cassé les jambes dans son enfance et marchait avec un bâton, recueillit des graines de blé sauvage et les sema près de sa hutte : il essaya aussi de planter divers tubercules trouvés dans les vallées.

— Attirés par la sécurité de la Vallée de la Mer, due à la muraille, aux gardes et aux veilleurs, ainsi que par la possibilité de se procurer des vivres en abondance sans avoir à se battre, de nombreuses familles affluèrent des vallées, de la côte et de la montagne où elles vivaient plutôt en bêtes sauvages que comme des êtres humains. Il ne fallut pas longtemps pour que la population devint très dense. Mais avant cela, la terre jusqu'alors libre et n'appartenant à personne fut partagée entre les occupants. Trois-Pattes avait donné l'exemple de ce morcellement en semant son blé. Cependant la plupart d'entre nous se souciaient peu du sol et regardaient comme une sottise la délimitation des terrains au moyen de petits murs de pierres. Nous trouvions des victuailles en abondance, que pouvions-nous souhaiter de plus ? Je me souviens que mon père et moi aidâmes Trois-Pattes à construire ses petits murs et qu'il nous donna du blé en retour.

— Ainsi un petit nombre de gens accaparèrent le terrain et Trois-Pattes en prit la plus grosse part. D'autres possesseurs de lots les donnèrent aux premiers établis en échange de blé, de racines, de peaux d'ours et du poisson que les fermiers recevaient de pêcheurs contre leur grain. Et nous ne tardâmes guère à constater la disparition de tout le terrain.

— Vers la même époque, Fith-Fith mourut et Dent-de-Chien, son fils, fut élu chef. Il avait d'ailleurs demandé à le devenir, parce que son père l'avait été avant lui. De surcroît, il se considérait comme un plus grand chef que son père. Il fut un excellent chef au début et travailla dur, de sorte que le conseil eut de moins en moins de besogne.

— Alors une nouvelle voix s'éleva dans la Vallée de la Mer, celle de Lèvre-Tordue. Nous ne faisions guère attention à lui jusqu'au moment où il commença de converser avec les esprits des morts. Plus tard nous l'appelâmes Gros-Bedon, parce que, mangeant beaucoup et ne travaillant guère, il devenait rond et gras. Un jour, Gros-Bedon nous déclara qu'il détenait les secrets des morts et qu'il était le porte-parole de Dieu. Il se lia d'amitié avec Dent-de-Chien, qui nous ordonna de construire pour lui une hutte de roseaux. Ce dernier mit des tabous tout autour et y enferma Dieu.

— Dent-de-Chien prit un ascendant toujours croissant sur le conseil, et quand celui-ci grogna et menaça d'élire un nouveau chef, Gros-Bedon parla avec la voix de Dieu pour ordonner que l'on n'en fasse rien. Trois-Pattes et ceux qui possédaient la terre étaient également du côté de Dent-de-Chien. De plus, les propriétaires fonciers donnèrent secrètement de la terre et quantité de peaux d'ours et de paniers de blé à l'homme le plus fort du conseil : Lion-de-Mer. Aussi Lion-de-Mer déclara-t-il que la voix de Gros-Bedon était bien celle de Dieu et devait être écoutée. Au bout de peu de temps, Lion-de-Mer fut proclamé porte-parole de Dent-de-Chien et prit l'habitude de parler à la place de celui-ci.

— Il y eut aussi Petite-Panse, un nabot si mince de taille qu'il paraissait n'avoir jamais mangé à sa faim. Dans l'embouchure de la rivière, où le banc de sable amortit la force des vagues, il construisit un grand piège à poissons. Personne n'avait jamais vu ni imaginé chose pareille. Il y travailla pendant plusieurs semaines avec son fils et sa femme, tandis que nous autres nous nous moquions de la peine qu'il prenait. Mais, le piège achevé, il attrapa en un jour plus de poissons que toute la tribu n'en pouvait prendre en une semaine entière, et ce fut une occasion de grandes réjouissances. Il n'existait qu'un autre endroit de la rivière où l'on pût construire un piège à poissons. Quand mon père entreprit, avec moi et une douzaine d'autres, la construction d'un vaste piège, les gardes sortirent de la grande hutte de roseaux que nous avions bâtie pour Dent-de-Chien et nous asticotèrent les côtes avec leurs javelots, sous prétexte que Petite-Panse devait installer lui-même un piège à cet endroit, sur l'ordre de Lion-de-Mer, porte-parole de Dent-de-Chien.

— Cette façon de faire souleva de nombreuses protestations, et mon père convoqua un conseil. Mais comme il se levait pour prendre la parole, Lion-de-Mer lui perça la gorge d'un javelot et il mourut sur le coup. Dent-de-Chien, Petite-Panse, Trois-Pattes et tous les autres détenteurs de terrain manifestèrent leur approbation et Gros-Bedon proclama que telle était la volonté de Dieu. Après quoi les gens appréhendèrent de se lever pour ouvrir la bouche dans le conseil, et ce fut la fin de cette institution.

— Un autre individu, nommé Groin-de-Porc, inaugura l'élevage des chèvres dont il avait entendu parler chez les Mangeurs-de-Viande. Il ne tarda pas à posséder quantité de troupeaux. D'autres hommes qui, ne détenant ni terres ni pièges à poissons, seraient morts de faim autrement, s'estimèrent heureux de travailler pour Groin-de-Porc. Ils soignaient ses chèvres, les défendaient contre les chiens sauvages et les tigres et les conduisaient aux pâturages dans la montagne. En retour, Groin-de-Porc leur distribuait de la viande et des peaux de chèvres qu'ils échangeaient parfois pour du blé et des tubercules.

— Ce fut à cette époque qu'apparut la monnaie. Lion-de-Mer fut le premier à y songer et il en parla à Dent-de-Chien et Gros-Bedon. Ces trois hommes, voyez-vous, recevaient une part de toutes choses dans la Vallée de la Mer. Un couffin de blé sur trois leur revenait, un poisson sur trois, une chèvre sur trois. En échange, ils nourrissaient les gardes et veilleurs, et gardaient le reste pour eux. Parfois, quand la pêche était abondante, ils ne savaient que faire de leur part. Aussi

Lion-de-Mer embaucha-t-il des femmes pour fabriquer de la monnaie en coquillages, des piécettes rondes et bien polies et percées d'un trou, qu'on enfilait et dont chaque chapelet représentait une certaine valeur.

— Chacun de ces colliers équivalait à trente ou quarante poissons, mais aux femmes qui confectionnaient un de ces chapelets par jour il allouait simplement deux poissons. Ce poisson provenait des parts de Dent-de-Chien, Gros-Bedon et Lion-de-Mer, qu'ils ne pouvaient consommer entièrement. Ainsi toute la monnaie leur appartenait. Puis ils déclarèrent à Trois-Pattes et aux autres propriétaires de terrain qu'il fallait désormais leur payer en monnaie leurs parts de blé et de tubercules. Ils réclamèrent de la monnaie à Petite-Panse à la place de leurs parts de poisson, et en exigèrent de Groin-de-Porc à la place de leurs parts de chèvres et de fromage. Ainsi l'homme qui ne possédait rien travaillait pour celui qui avait quelque chose, et était payé en monnaie. Avec ce moyen d'échange il achetait du blé, du poisson, de la viande et du fromage. Trois-Pattes et autres possesseurs de diverses choses payaient leurs parts de monnaie à Dent-de-Chien, Lion-de-Mer et Gros-Bedon : ces derniers payaient en monnaie les gardes et veilleurs, qui achetaient leur nourriture avec de la monnaie. Celle-ci étant bon marché, Dent-de-Chien recruta un grand nombre de nouveaux gardes. D'autre part, les piécettes étant faciles à faire, beaucoup d'hommes se mirent à en fabriquer eux-mêmes avec des coquillages. Mais les gardes les tuèrent à coups de javelots et de flèches, les accusant de nuire à la tribu : c'était un crime de la démolir, car alors les Mangeurs-de-Viande franchiraient de nouveau la crête et viendraient massacrer tout le monde.

— Gros-Bedon était la voix de Dieu, mais il ordonna prêtre un certain Côte-Brisée, qui devint la voix de Gros-Bedon et parla pour lui la plupart du temps, et tous deux prirent d'autres hommes pour les servir. De même Petite-Panse, Trois-Pattes et Groin-de-Porc entretinrent des serviteurs vautrés au soleil devant leurs huttes de roseaux, toujours prêts à faire leurs commissions et transmettre leurs ordres. Un nombre d'homme de plus en plus grand fut ainsi enlevé au travail, de sorte que ceux qui restaient durent travailler plus que jamais. Les hommes n'avaient pour seule ambition que de travailler le moins possible et, donc, de trouver des moyens de faire trimer les autres pour eux. Un nommé Yeux-Bigles découvrit un excellent moyen, il réussit à extraire du grain la première liqueur-de-feu. Désormais, il se la coula douce, car dans un conciliabule secret avec Dent-de-Chien et Gros-Bedon, il fut convenu qu'il garderait le monopole de cette fabrication. Mais Yeux-Bigles ne travaillait pas lui-même, des hommes produisaient la liqueur pour lui et il les rétribuait en monnaie, puis il vendait la liqueur pour de la monnaie et tout le monde en achetait. Et il donna de nombreux chapelets de monnaie à Dent-de-Chien, Lion-de-Mer et tous les autres.

— Gros-Bedon et Côte-Brisée défendirent la cause de Dent-de-Chien quand il prit une deuxième femme, puis une troisième. Ils déclarèrent que Dent-de-Chien différait des autres hommes et se rangeait tout de suite après le Dieu que Gros-Bedon gardait dans son sanctuaire de roseaux. Dent-de-Chien affirma la même chose de son côté et demanda de quel droit on protesterait sur le nombre de femmes qu'il lui plaisait de prendre. Il se fit construire une grande pirogue et enleva encore au travail certains hommes qui restaient allongés au soleil, sauf quand Dent-de-Chien se promenait en bateau et qu'ils pagayaient pour lui. Il nomma chef de tous les gardes un certain Face-de-Tigre qui devint son bras droit, et quand un homme lui déplaisait, il le faisait tuer par lui. Face-de-Tigre, à son tour, prit pour bras droit un autre individu pour commander en son nom et tuer à sa place.

— Mais le plus étrange est qu'à mesure que le temps s'écoulait, nous autres travaillions de plus en plus dur et avions de moins en moins à manger.

— Cependant, objecta Froussard-de-Nuit, qu'étaient devenus les grains, les tubercules et le piège à poissons ? Le travail humain ne pouvait-il plus produire de nourriture ?

— Que si ! affirma Barbe-en-Long. Trois hommes, avec le piège, parvenaient à prendre plus de poissons que toute la tribu avant sa construction. Mais ne vous ai-je pas dit que nous étions des sots ? Plus nous produisions de nourriture, moins nous avions à manger.

— N'était-il pas évident que les nombreux hommes qui ne faisaient rien mangeaient tout ? Demanda Poil-de-carotte. Barbe-en-Long hocha tristement la tête :

— Les molosses de Dent-de-Chien étaient gavés de viande, et ses serviteurs allongés paresseusement au soleil s'engraissaient, cependant que les petits enfants s'endormaient en pleurant de faim.

L'estomac aiguillonné par ce récit de famine, Courre-Daim déchira un morceau de viande d'ours, la fit griller au bout d'un bâton sur les charbons ardents et le dévora en faisant claquer ses lèvres, tandis que Barbe-en-Long continuait.

— Lorsque nous grommelions, Gros-Bedon se levait et, avec la voix de Dieu, déclarait que le Très-Haut avait élu les hommes sages pour posséder la terre, les chèvres, les pièges à poissons et la liqueur-de-feu, et que sans ces hommes sages nous serions tous des animaux, comme au temps où nous vivions dans les arbres.

— Alors surgit un homme qui devint le chanteur du roi. On l'appela le Scarabée, parce qu'il était petit, laid de figure et de corps, et ne réussissait pas à faire œuvre de ses dix doigts. Il raffolait des os à moelle, des poissons de choix, du lait tiède des chèvres, du premier blé mûr et de la place la plus confortable près du feu. Devenir chanteur du roi était son moyen de s'engraisser à ne rien faire. Comme le peuple murmurait de plus en plus et que certains commençaient à lancer des pierres sur la hutte en roseaux du roi, le Scarabée composa une chanson pour célébrer le bonheur d'être un Mangeur-de-Poisson. Il disait dans sa chanson que les Mangeurs-de-Poisson étaient les élus de Dieu et les meilleurs hommes créés par lui. Quant aux Mangeurs-de-Viande, il les traitait de porcs et de corbeaux et recommandait comme une belle et noble action pour les Mangeurs-de-Poisson de combattre et de mourir pour accomplir l'œuvre de Dieu, c'est-à-dire tuer les Mangeurs-de-Viande. Les paroles de cet hymne nous enflammèrent et nous demandâmes à être menés en guerre contre nos voisins. Oubliant notre faim et nos sujets de mécontentement, nous fûmes heureux de franchir la crête sous la conduite de Face-de-Tigre et de massacrer un grand nombre de Mangeurs-de-Viande.

— Mais les choses n'en marchèrent pas mieux dans la Vallée de la Mer. La seule façon d'obtenir de la nourriture était de travailler pour Trois-Pattes, Petite-Panse ou Groin-de-Porc, car il n'existait plus aucun terrain où un homme pût semer du blé pour lui-même. Et souvent il y avait plus de travailleurs que ne pouvaient en occuper Trois-Pattes et les autres. Ces hommes en surnombre ainsi que leurs femmes, enfants et vieilles mamans se trouvaient réduits à la famine. Face-de-Tigre leur ayant dit qu'ils pouvaient, à leur gré, entrer dans la garde, beaucoup d'entre eux s'enrôlèrent et n'accomplirent désormais d'autre besogne que de piquer de leurs javelots les travailleurs qui murmuraient de voir nourrir tant de bouches inutiles.

— Et chaque fois que nous protestions, le Scarabée composait de nouvelles chansons. Il disait que Trois-Pattes, Groin-de-Porc et leurs acolytes étaient des hommes forts et que telle était la raison de leur richesse. Il ajoutait que nous devions nous estimer heureux d'avoir avec nous des hommes forts, sans lesquels nous péririons dans notre impuissance sous les coups des Mangeurs-de-Viande, et qu'il fallait en conséquence se réjouir de laisser à de tels personnages tout ce sur quoi ils pouvaient mettre la main.

— Et Gros-Bedon, Groin-de-Porc, Face-de-Tigre et les autres applaudissaient à la chanson.

— Très bien, dit Long-Croc, alors moi aussi Je deviendrai un homme fort.

— S'étant procuré du grain, il se mit à fabriquer de la liqueur-de-feu et à la vendre pour des chapelets de monnaie. Comme Yeux-Bigles se plaignait de la concurrence, Long-Croc déclara qu'il était lui-même un homme fort et que si Yeux-Bigles continuait à causer du scandale, il lui écrabouillerait la cervelle. Yeux Bigles, intimidé, alla converser avec Trois-Pattes et Groin-de-Porc, et tous trois s'entretinrent avec Dent-de-Chien. Celui-ci en parla à Lion-de-Mer et Lion-de-Mer dépêcha un message à Face-de-Tigre. Face-de-Tigre envoya ses gardes, qui brûlèrent la hutte de Long-Croc avec la liqueur-de-feu de sa fabrication et le tuèrent ainsi que toute sa famille. Gros-Bedon approuva cet acte, et le Scarabée composa un autre hymne à la gloire de ceux qui observaient la loi, célébrant la Vallée de la mer et incitant tous ceux qui aimaient ce magnifique pays à partir en guerre contre les Mangeurs-de-Viande. Une fois de plus son chant nous enflamma, et nous oubliâmes nos récriminations.

— Chose inouïe : quand Petite-Panse attrapait trop de poissons et devait en vendre beaucoup pour peu d'argent, il en rejetait une grande partie dans la mer, de façon à tirer du reste un plus gros bénéfice. Trois-Pattes, de son côté, laissait de vastes champs en friche dans le dessein de récolter plus d'argent de son blé. Enfin, comme les femmes confectionnaient tant de chapelets de coquillages qu'il en fallait beaucoup pour effectuer le moindre achat, Dent-de-Chien arrêta la fabrication de la monnaie. Alors les femmes, se trouvant sans travail, prirent la place des hommes. Occupé dans un piège à poissons, je gagnais un chapelet de monnaie tous les cinq jours. Mais quand ma sœur me remplaça, elle ne reçut qu'un chapelet tous les dix jours. Les femmes travaillant à meilleur marché, on avait moins à manger, et Face-de-Tigre nous conseilla de nous faire gardes. Cela m'était impossible à cause de ma jambe trop courte, et Face-de-Tigre ne voulut pas de moi. Beaucoup d'autres se trouvaient dans le même cas. Nous étions des hommes démolis, capables au plus de mendier de l'embauche ou de soigner les nourrissons pendant que les femmes trimaient.

— Poil-de-carotte, à son tour, affamé par ce récit, fit griller un morceau de viande d'ours sur les charbons.

— Mais pourquoi ne vous révoltiez-vous pas tous ensemble pour tuer Trois-Pattes, Groin-de-Porc, Gros-Bedon et tous les autres et trouver de quoi vous mettre sous la dent ? demanda Froussard-de-Nuit.

— Parce que nous ne comprenions pas, répondit Barbe-en-Long. Il fallait penser à trop de choses, et puis il y avait les gardes qui nous harcelaient de coups de javelots, et Gros-Bedon qui parlait de Dieu, et le Scarabée qui entonnait de nouvelles chansons. Quand un homme pensait juste et exprimait sa pensée, Face-de-Tigre et les gardes l'emmenaient et l'attachaient sur les rochers à marée basse pour qu'il fût noyé à marée montante.

— C'était un phénomène bien étrange, la monnaie : c'était comme les hymnes du Scarabée. Cela semblait très bien, mais ne l'était pas, et nous étions lents à le comprendre. Dent-de-Chien se mît à amasser les coquillages. Il en entassa une énorme pile dans une hutte de roseaux que des gardes surveillaient nuit et jour. Et plus il amoncelait de monnaie, plus elle devenait chère, de sorte qu'un homme devait travailler plus longtemps pour en gagner un chapelet. Et puis on parlait toujours de guerre contre les Mangeurs-de-Viande, et Dent-de-Chien et Face-de-Tigre entassaient dans plusieurs huttes du blé, du poisson, de la viande fumée et du fromage. Et comme les vivres s'amoncelaient là, le peuple n'avait pas suffisamment à manger. Mais qu'importait ? Chaque fois qu'il commençait à grogner trop fort, le Scarabée entonnait une nouvelle chanson, Gros-Bedon déclarait que la voix de Dieu nous ordonnait de tuer les Mangeurs-de-Viande et Face-de-Tigre nous conduisait de l'autre côté de la montagne pour les massacrer ou tomber sous leurs coups. On me jugeait inapte à faire un garde ou à m'engraisser en dormant au soleil, mais en temps de guerre, Face-de-Tigre était bien heureux de m'emmener. Et quand nous avions ingurgité tous les vivres emmagasinés, nous cessions de nous battre et revenions nous mettre au travail pour en amonceler de nouveau.

— Vous étiez donc tous fous ? commenta Courre-Daim.

— Nous l'étions, en vérité, reconnut Barbe-en-Long. Tout cela était bien étrange. Un certain Nez-Fendu prétendait que tout allait de travers. Il admettait que nous devenions forts en additionnant nos forces. Il affirmait qu'aux premiers temps de la tribu, il était juste que les hommes dont la force constituait un danger pour elle fussent supprimés, ceux par exemple qui cassaient la tête à leurs frères ou leur volaient leur femme. Or, maintenant, disait-il, la tribu ne devenait pas plus forte, mais s'affaiblissait parce que des hommes doués d'un autre genre de force lui faisaient du mal : des hommes qui possédaient la force du terrain, comme Trois-Pattes, la force du piège à poissons, comme Petite-Panse, ou la force de toute la viande, comme Groin-de-Porc. Le seul moyen d'en sortir, concluait Nez-Fendu, était d'enlever à ces hommes toutes leurs forces mauvaises : de les mettre tous au travail, sans exception, et de ne pas permettre de manger à qui ne travaillerait point.

— Et le Scarabée entonna une chanson où il était question d'hommes du genre de Nez-Fendu, qui voulaient faire marche arrière et retourner vivre dans les arbres.

— Nez-Fendu lui objecta qu'il ne voulait pas reculer mais aller de l'avant, que l'on ne deviendrait plus fort qu'en associant nos forces et que, si les Mangeurs-de-Poisson et les Mangeurs-de-Viande s'unissaient, il n'y aurait plus de guerre, plus besoin de veilleurs ni de gardes, ainsi tout le monde pourrait se remettre au travail et produire tant de nourriture que deux heures d'efforts par jour suffiraient à chacun.

— Aussitôt le Scarabée reprit son refrain, accusant Nez-Fendu de paresse, puis entonna La chanson des abeilles ; c'était un hymne étrange qui affolait ses auditeurs comme s'ils avaient bu de la liqueur-de-feu. Il parlait d'une ruche d'abeilles où s'était fait admettre une guêpe chapardeuse qui volait tout leur miel. La guêpe, paresseuse, leur disait qu'on n'avait pas besoin de travailler et leur conseillait de faire alliance avec les ours, ces bons amis qu'on prenait bien à tort pour des voleurs de miel. Le Scarabée employait des expressions ambiguës pour faire comprendre aux auditeurs que la ruche représentait la Vallée de la Mer, les ours les Mangeurs-de-Viande et que la guêpe maraudeuse personnifiait Nez-Fendu.

— Lorsqu'il chanta que les abeilles suivirent les mauvais conseils de la guêpe jusqu'à ce que la ruche fût à deux doigts de sa perte, le peuple se mit à gronder et grogner, et quand le Scarabée chanta que les bonnes abeilles se soulevèrent enfin et piquèrent à mort la guêpe, le peuple ramassa des pierres et lapida Nez-Fendu jusqu'à ce que son cadavre disparaisse sous un monceau de rocailles. Et parmi ceux qui les avaient jetées se trouvaient beaucoup de pauvres gens qui trimaient plus que de raison et mangeaient moins qu'à leur faim.

— Après la mort de Nez-Fendu, un seul homme osa se lever pour dire ce qu'il pensait. Il se nommait Face-Poilue :

— Où est la force des forts ? demanda-t-il. Nous sommes forts, nous tous, plus fort que Dent-de-Chien, Face-de-Tigre, Trois-Pattes et Groin-de-Porc et tous ceux qui ne font que bâfrer et nous affaiblir sous leur force nuisible. L'homme n'est pas fort s'il est esclave. Si le premier homme qui découvrit les vertus et usages du feu avait employé la force que le feu lui donnait, nous aurions été ses esclaves, tout comme nous le sommes aujourd'hui de Petite-Panse, qui découvrit les vertus et usages du piège à poissons, ainsi que des autres qui surent exploiter les vertus et usages de la terre, des chèvres et de la liqueur-de-feu.

Jadis, nous habitions les arbres, mes frères, et nul ne vivait en sécurité. Mais nous ne combattons plus les uns contre les autres : nous avons uni nos forces. Eh bien, cessons aussi de nous battre avec les Mangeurs-de-Viande. Augmentons nos forces des leurs. Alors nous serons vraiment forts. Nous marcherons ensemble, Mangeurs-de-Poisson et Mangeurs-de-Viande, pour tuer tigres et lions, loups et chiens sauvages, nous ferons paître nos chèvres sur tous les flancs de montagne ; nous sèmerons notre blé et planterons nos tubercules dans toutes les vallées.

Ce jour-là nous serons si forts que tous les animaux sauvages fuiront devant nous et disparaîtront. Et rien ne nous arrêtera, car la force de chaque individu sera la force de tous les hommes de ce monde.

— Ainsi parlait Face-Poilue, et ils le tuèrent sous prétexte que c'était un rétrograde qui voulait nous ramener à la vie arboricole. Chaque fois qu'un homme se levait pour aller de l'avant, les sédentaires le traitaient d'arriéré et demandaient sa mort. Et les gens pauvres, dans leur sottise, aidaient à le lapider.

— Oui, nous étions tous des sots, excepté les gros et les gras qui ne travaillaient point. Les sots, on les appelait sages, et les sages, on les massacrait. Les travailleurs ne mangeaient pas leur content, et les fainéants engraissaient.

— La tribu continua de perdre ses forces. Les enfants étaient faibles et malingres. Et comme la nourriture nous manquait, d'étranges maladies s'abattaient sur nous et nous mourions comme des mouches. Alors les Mangeurs-de-Viande nous tombèrent sur le dos. Nous avions trop souvent suivi Face-de-Tigre sur l'autre versant de la montagne pour les massacrer. Maintenant ils venaient nous le faire payer dans le sang. Ils nous exterminèrent tous, excepté quelques femmes qu'ils emmenèrent avec eux. Le Scarabée et moi échappâmes au carnage. Me cachant dans les endroits les plus sauvages, je devins chasseur de viande et ne connus plus la famine. Je volai une femme chez les Mangeurs-de-Viande et allai vivre dans les cavernes de hautes montagnes où l'on ne pouvait me trouver. Nous eûmes trois fils, qui volèrent chacun une femme chez les Mangeurs-de-Viande. Et vous savez le reste, car n'êtes-vous pas mes petits-fils ?

— Mais le Scarabée, que devint-il ? demanda Courre-Daim.

— Il alla vivre avec les Mangeurs-de-Viande et devint chanteur du roi. C'est un vieillard maintenant, mais il rabâche les vieilles chansons. Dès qu'un homme se lève pour aller de l'avant, il l'accuse de vouloir retourner vivre dans les arbres.

Barbe-en-Long fouilla la carcasse d'ours et suçota une poignée de graisse entre ses gencives édentées.

— Un jour, dit-il en s'essuyant les mains sur ses flancs, tous les sots seront morts et tous les vivants suivront la route du progrès. La force des forts leur appartiendra, et ils uniront leurs énergies de telle façon qu'aucun homme en ce monde ne se batte plus avec un autre. On ne verra plus de gardes ni de veilleurs sur les murailles. Tous les fauves seront tués et, comme le prédisait Face-Poilue, nous ferons paître nos chèvres sur les flancs des montagnes et cultiverons notre blé et nos tubercules dans toutes les vallées de la terre. Tous les hommes seront frères, aucun ne passera son existence à lézarder au soleil et à se faire nourrir par ses semblables. Et tous ces événements arriveront quand tous les sots seront morts et qu'il n'existera plus de chanteurs qui acceptent de collaborer en chantant La Chanson des abeilles. Les abeilles ne sont pas des êtres humains.